GEORGES D'ANDILLY.

UNE

NOUVELLE FRANCIADE

POÈME SATIRIQUE ET BURLESQUE

Au profit du monument élevé
Pour les Strasbourgeois
Morts en défendant la cause de la liberté.

2e édition

NANCY
HUSSON-LEMOINE, ÉDITEUR
RUE D'AMERVAL, 6 *bis*

1872

GEORGES D'ANDILLY.

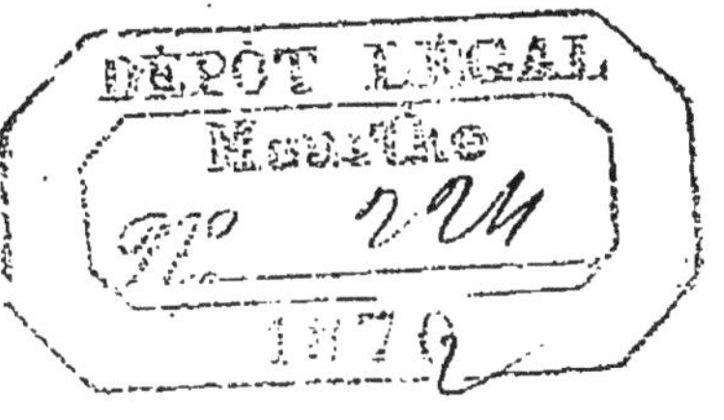

UNE

NOUVELLE FRANCIADE

POÈME SATIRIQUE ET BURLESQUE

Au profit du monument élevé
Pour les Strasbourgeois
Morts en défendant la cause de la liberté.

2e édition

NANCY
HUSSON-LEMOINE, ÉDITEUR
RUE D'AMERVAL, 6 *bis*

1872

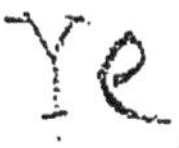

AVERTISSEMENT

Le petit poème suivant est une légère esquisse des principaux événements de la Révolution, présentée dans un cadre comique : le contraste du sujet (qui n'est que trop sérieux) avec le genre burlesque en fait le seul mérite. Cette plaisanterie de société est, pour ainsi dire, un impromptu; on y a ajouté des notes chronologiques, historiques et explicatives.

Puisse cette bagatelle, qui a été faite sans prétention et pour amuser un instant des amis, obtenir un sourire qui désarme la critique !

A Monsieur E. R...

Ami de la folle gaîté,
Toi qui chéris la liberté,
Reçois ce burlesque poème
Qu'un pauvre rimailleur qui t'aime
Griffonna sans prétention,
En courant comme un postillon.

Si d'amitié ce faible gage
Peut un instant te récréer,
Georges, heureux de ton suffrage,
N'aura plus rien à désirer.

NOUVELLE FRANCIADE

Quittant ses rustiques pipeaux,
Tu veux donc que ma muse chante
Les longs et pénibles travaux
De la liberté triomphante,
Et qu'elle te raconte au net
Comment cette dame en bonnet
Fit, à différentes reprises,
Et des exploits et des sottises.
Mais, par égard pour les Français,
Muse, glisse sur les excès.

On sait très-bien que c'est l'usage
(Chose très-prudente et très-sage)
De mettre à la première page
D'une épique narration,

Quatre mots d'invocation ;
Je vais le faire : attention.

Vous, qui d'Homère et de Virgile
Meublez le charmant paradis,
Vous tous, qui n'avez plus d'asile
Qu'en nos poétiques écrits,
Dieux et déesses de la fable,
Que tout bon chrétien donne au diable,
Quittez l'Olympe et les enfers,
Venez figurer dans mes vers ;
Par vous ils auront plus de grâce,
Vous seuls les rendrez amusants,
Votre haleine en fondra la glace :
Mais que surtout ils soient plaisants.

Louis (celui qu'on nommait seize)
Régnait, dit-on, fort à son aise,
Allant de Versaille à Saint-Cloud,
Et de Saint-Cloud jusqu'à Versaille,
Faisant par-ci, par-là, ripaille
Et buvant bien le petit coup.

Quant à madame son épouse,
Bien moins friande de talmouse,
De vin muscat et de tokai,
Autrement, elle en agissait.
On dit que péché de luxure
Sur un lit ou sur la verdure,
Et que jeux de toute façon,
Soit au piquet, soit au toton,
Lui faisaient altérer en France
Et la morale et la finance.
Son mari, d'Actéon.... Mais, chut!
Scandaliser n'est pas mon but.

Les matadors de la justice,
Gorgés et d'orgueil et d'épice,
La plupart mauvais garnements,
Frisés, poudrés, musqués, pimpants,
Avaient, de notre patience,
Abusé par leur arrogance.

Et les ministres à leur tour,
Faisant du ministère un four,

Et sachant manier la trouble,
Pêchaient à loisir en eau trouble,
Et laissaient aller à vau-l'eau
De l'État le frêle bateau.

Monseigneur le clergé de France,
Dont rien n'égalait l'élégance,
Avait perdu de son crédit.
Eh! qui ne l'aurait pas prédit,
Voyant qu'il avait des richesses,
Et des mignons et des maîtresses,
Tout comme de certains mondains
Qui n'en étaient pas aussi vains?

Pour sa sérénissime altesse,
Très-haute et puissante noblesse,
Tout habillée en parchemin,
Passant fièrement son chemin,
Elle nous traitait de pécore
Et nous éclaboussait encore.

Le peuple, hélas! qu'en dirons-nous?
Comme un grison bonasse et doux,

Il voiturait son esclavage,
Portait sur son dos le bagage
Des grands seigneurs, des intendants,
Des baillis, de leurs lieutenants ;
Avait, de plus, à sa séquelle
Et la corvée et la gabelle ;
Et, transi, soufflait dans ses doigts,
Pour travailler dans les grands froids.

Ainsi se soutenait la France,
Quand, sur sa lente décadence,
Louis, ouvrant ses deux grands yeux,
Dit à ses gens : « Messieurs, je veux
« Racommoder cette patraque :
« Elle a souffert plus d'une attaque ;
« Cherchons pour cela de l'argent,
« Et surtout de l'argent comptant.
« J'ordonne donc que l'on assemble
« Les prêtres, le tiers et le quart :
« A leurs discours je prendrai part,
« Et nous ferons le bien ensemble [1]. »

Monsieur Louis, en vrai blaireau
Vous agissez, sauf votre grâce :
Vous avez dressé le panneau;
Vous voilà fourré dans la nasse.

Cependant, de tous les côtés
Arrivent en poste à Versailles,
Sur le velours ou sur la paille,
Des centaines de députés.
Plusieurs (non pas gens à remise)
Etaient un tant soit peu crottés;
Mais, ayant changé de chemise,
Et leurs souliers bien vergettés,
Ils figurèrent, je l'assure,
Fort proprement à l'ouverture
De ces mémorables états
Où mons Necker prit ses ébats.
J'oubliais aussi de vous dire
Que le roi, jadis notre sire,
Y marmotta deux ou trois mots
Que l'on m'a dit être fort beaux (2).

Il croyait fort, le pauvre hère!
Que tout allait si bien se faire,
Qu'il en serait roi plus puissant :
Mais va-t-en voir s'ils viennent, Jean !

Tandis que l'auguste assemblée
S'apprête à viser les pouvoirs
Et que chacun songe d'emblée
A bien remplir tous ses devoirs,
Ami lecteur, avec moi grimpe
Jusques au plus haut de l'Olympe ;
Là, tu verras messieurs les dieux :
Jupiter, le maître du monde,
S'assied près d'une table ronde ;
A ses côtés, dame Junon
Place son énorme giron ;
Plus loin, la modeste Minerve
Etale un faux air de réserve ;
En moustaches on y voit Mars.
Vénus, si belle, si coquette,
Et son fils, le roi des paillards,

Etaient chez Marie-Antoinette :
C'est pourquoi, dans le présent cas,
Tous les deux n'opineront pas.
Près de Mars, le filou Mercure,
A côté de la Liberté,
Félicitait sur sa parure
La citoyenne Egalité :
Si je ne me trompe, je pense
Qu'ils ont entre eux quelqu'accointance ;
Les autres gars du Panthéon
Etaient placés en rang d'oignon.

Lors Jupin fit faire silence :
« Enfants, il s'agit de la France,
« Dit-il ; de cet antique État
« Il nous faut relever l'éclat ;
« Là, tout est à la débandade :
« La monarchie est bien malade
« Et, pour lui rendre la santé,
« Envoyons-lui la Liberté.
« — Tout comme il vous plaira, mon père,

« Répondit cette déité
« Dont l'occiput est surmonté
« D'un bonnet venant d'Angleterre.
« — Eh bien, tu partiras demain
« Par le bon vent, reprit Jupin,
« Et, tout en arrivant, ma fille,
« Tu feras raser la Bastille,
« Où l'on a mis de grands esprits
« Pour avoir fait de bons écrits (3).
« Mène avec toi mademoiselle
« Egalité, ta sœur jumelle :
« Fais que tout impôt soit commun,
« Supprime les priviléges (4),
« Réorganise les colléges (5),
« Et fais le bonheur de chacun.
« Tu visiteras les églises,
« Les ermitages, les couvents
« De bénédictins, de sœurs grises,
« De cordeliers, de mendiants (6) :
« Là j'autorise des réformes
« Qui, faites dans toutes les formes,

« Produiront le bien général.
« Je défends surtout le pillage,
« Car tu me répondras du mal,
« Si sous tes lois on n'est pas sage.
« Arrive à la conclusion
« Par une constitution
« Qui mette la gente française
« Cent piques par dessus l'anglaise (7).
« Alors ces bons enfants de France
« Seront heureux, faisant bombance,
« Et n'ayant plus d'autre souci
« Que de jouer au reversi.
« Tout cela se fera sans peine
« Avant la sainte quarantaine. »

Ici se tut sire Jupin :
Alors, monseigneur le Destin
Trois fois hocha sa vieille tête,
Disant par ce signe certain :
« Allez, vous n'êtes qu'une bête ;
« Cela n'ira pas si bon train. »

Sous son bras était un gros livre.
Pour y lire tout couramment,
Il ne faut certes pas être ivre.
Je lui dis fort honnêtement :
« Monsieur, permettez, je vous prie,
« Que je parcoure les feuillets
« Où sont esquissés les succès
« Qui vont illustrer ma patrie.
« — Hon, hon, dit le vieux en grognant,
« Ami, sers-toi de mes lunettes,
« Et juge combien de sornettes
« Jupin nous contait à l'instant.
« — Que vois-je ! ô Jésus, que de crimes,
« Que d'assassins, que de victimes,
« Que d'intrigants, que de mic-mac,
« Et que de têtes dans le sac !
« Grand Dieu ! quelle griffe cruelle,
« Trempée à dessein dans le sang,
« Traça de cette kirielle
« Le commentaire dégoûtant ?
« — Ah ! ah ! me dit le vieux bonhomme,

« On irait de Pékin à Rome
« Sans trouver si mauvais sujets
« Que le seront certains Français.
« Vois-tu ce cinq et six octobre?
« La Fayette fera dodo,
« Tandis qu'à Versailles, au château,
« Plusieurs se couvriront d'opprobre ([8]).
« Et cette affaire de Nancy
« Qui vous donnera du souci ([9])?
« Vois-tu cet affreux reverbère ?
« Des cannibales furieux
« En oseront faire à vos yeux
« Un instrument patibulaire.
« Regarde ces tristes prisons
« Où, le deux et le trois septembre ([10]),
« On fracassera plus d'un membre
« A des papas, à des garçons,
« Ainsi qu'à la veuve Lamballe
« Qu'on mutilera dans la salle
« Où ces véritables mandrins
« La jugeront en assassins.

« Regarde, à la page suivante,
« Cette histoire du trente-un mai ([11]) :
« Comme cela sera très-vrai,
« D'avance je m'en épouvante;
« Apprends que de bons députés
« Par des gueux seront arrêtés,
« Et par une horde mutine
« Condamnés à la guillotine ([12]).
« Tu verras dans tous les cantons
« Créer à dessein certains noms :
« Démocratisme, feuillantisme,
« Fédéralisme, terrorisme,
« Jacobins, suspects, girondins,
« Orléanistes, muscadins,
« Le tout afin, ne vous déplaise,
« De mieux raccourcir à son aise
« Tous ceux qui, très-mal avisés,
« Seront de ces noms baptisés ([13]).

« Vois ces gens de mauvaise mine
« Formant un affreux tribunal:

« Ils sont peints de couleur sanguine
« Parce qu'ils feront bien du mal.
« Ce tribunal, peu fait pour plaire,
« Nommé révolutionnaire,
« Sera, pendant ce temps d'horreur,
« Le vrai papa de la terreur ([14]).
« Pour la France, quelle avanie!
« Ah! si de tout le bacchanal
« Qu'ils feront par leur barbarie
« Je traçais le mémorial,
« Il faudrait depuis Carnaval
« Rester jusqu'à l'Epiphanie ;
« Encor ne dirait-on pas tout!
« Pourtant on en verra le bout.

« Sitôt que Monsieur Robespierre,
« Mettant le nez à la chatière,
« Aura, du haut de l'échafaud,
« En deux pièces et d'un seul saut,
« Gagné sans prêtres et sans bière
« Des trépassés le noir cachot ([15]),

« Alors, tout changera de face :
« La justice et l'humanité
« De l'arbitraire cruauté
« Prendront tout bonnement la place.
« Monsieur Carrier, Monsieur Lebon
« Iront chez monseigneur Pluton
« Voir si la barque de Caron
« Ressemble au bateau à soupape ([10]) :
« Bon dieu! quelle infernale attrape!
« Nos descendants n'en croiront rien,
« Tant cela sera peu chrétien.
« Enfin, après tant de tapage,
« On verra la Convention,
« Prenant le parti le plus sage,
« Faire une constitution,
« Qui vaudra mieux, ne vous déplaise,
« Que celle de quatre-vingt-treize.
« Tout sera bien organisé,
« Et tout pouvoir bien divisé.
« La puissance législative,
« D'accord avec l'exécutive,

« Feront ensemble lentement
« Marcher votre gouvernement [17] :
« Sous prétexte de royalisme,
« On mettra la division,
« Tout en croyant que l'ostracisme
« Pourra rétablir l'union [18].
« Vos phalanges victorieuses,
« Après mille et mille succès,
« Sauront couronner par la paix
« Leurs campagnes si glorieuses [19].

« Un Corse, à la fleur de ses ans,
« Par son courage et son adresse,
« Eclipsera, je le confesse,
« Ces lurons de Rome et de Grèce
« Que Plutarque a peints si vaillants.
« Par lui, vous serez république,
« Charmant pays ultramontain ;
« Au pape vous ferez la nique,
« On vous nommera cisalpin [20] ;
« Monseigneur le doge de Venise

« Sera flambé du vent de bise,
« Et les états de ce seigneur
« Seront donnés à l'empereur (21) ;
« Adieu, monseigneur le Saint-Père,
« Les clefs des célestes lambris
« S'échappent de vos doigts bénis,
« Ainsi que le filet de Pierre.
« Du coup ne soyez étourdi :
« *Sic transit gloria mundi* (22) !
« Adieu, petit roi des marmottes,
« Adieu, grand roi napolitain,
« Les Français, dans un tour de main,
« Font de vous des rois sans-culottes (23).

« Vengeance ! rage ! désespoir !
« Vit-on jamais pareille niche ?
« Ces gueux de Londres ou d'Autriche,
« (Il faut qu'ils aient le cœur bien noir !)
« Ces gueux, bien plus gueux que Cartouche,
« Ordonnent de leur propre bouche
« Qu'une bande de vrais mandrins,

« A l'œil, aux moustaches sinistres,
« Dans le cœur de dignes ministres
« Plongent leurs couteaux assassins (24).
« Sont-ce donc là des tours à faire,
« Dites, vrai gibier de galère ?
« Ah ! ventrebleu, que ne peut-on
« De la peine du talion
« Vous donner un échantillon !
« Quant à ces beaux garçons de Londres
« Qui font tant les malins sur l'eau,
« Goddem ! ce sont gens qu'il faut tondre
« Et tondre jusqu'à fleur de peau.

« Mais voici bien une autre histoire !
« Tandis que votre Directoire
« A Paris se dorlotera,
« Qu'à Rastadt on jabotera,
« Par manière de passe-temps
« François s'armera jusqu'aux dents.
« Ses soldats vont vers l'Italie ;
« Monsieur Rikiki Souvarou (25),

« Trois fois plus laid qu'un loup-garou,
« Avec ces chenapans s'allie ;
« Gare à vous, peuple cisalpin :
« On va vous donner le tapin.
« Hélas ! pour comble de misère,
« Le grand Schérer est général,
« Et Rapinat est commissaire
« Chez ce peuple franc et loyal
« Qui, ma foi, ne méritait guère
« Qu'à Berne on lui fit tant de mal (26).
« Faire à si bonnes gens la guerre,
« Puis, pour réparer le dégât,
« Leur envoyer un Rapinat,
« C'est insulter un grand-vicaire,
« Et l'insulter jusqu'au rabat (27) !

« Cependant, tout de mal en pire
« Va chez les malheureux Français :
« Le Directoire n'en peut rire :
« Pourquoi n'a-t-il pas fait la paix ?
« Où diable est donc ce si brave homme

« Qui mérite, à coup sûr, la pomme
« Sur les héros les plus anciens ?
« C'est par lui que les Italiens,
« Débarrassés des Autrichiens,
« De leurs princes, et de l'étole,
« Dansaient gaiement la carmagnole
« Avec les Français, leur soutien,
« Qui ne leur servent plus de rien.
« Où donc est-il ? Dort-il en France ?
« Non, pas tout à fait. Les héros
« Ne connaissent point le repos !
« En Afrique il fait pénitence ([28])
« Des péchés qu'il n'a point commis :
« Il met à bas les ennemis
« Qu'a faits à votre république
« La désastreuse politique
« De vos cinq habiles docteurs
« Qui faisaient les si gros seigneurs.

« Un beau matin, après la brume,
« Le fils aîné de la fortune

« Incognito débarquera,
« Et tout le monde surprendra ([29]);
« A l'instant la publique joie
« Du Nord au Midi se déploie :
« Comment, c'est lui ? — Mais oui, c'est lui !
« — Quand donc ? — Arrivé d'aujourd'hui !
« — Bah ! bah ! mais il n'est pas possible !
« Des Anglais la flotte invincible.....
« Comme ils ne l'ont pas deviné,
« Ils ont un joli pied-de-nez.
« — Et tout va donc changer de face ?
« — Oui, regarde ce qui se passe ;
« A Saint-Cloud, sur le bord de l'eau ([30]),
« J'aperçois que l'on y ramasse,
« Dans le filet, un gros morceau.
« C'est monsieur votre Directoire
« Qui, beaucoup déchu de sa gloire,
« Et s'étant troublé le cerveau,
« Hélas, la tête la première,
« S'est laissé choir dans la rivière.
« Bonaparte le pêchera,

« Le fretin il expédiera,
« Puis, fourrant le tout dans la nasse,
« Il prendra la première place ([31]).
« Jarnicoton ! quel changement !
« Chacun respire librement :
« On rit, on jase, on chante, on danse,
« Mais il faut encore à la France
« La paix. Vous l'offrirez aux rois ;
« Ces rois, vous croyant aux abois,
« Voudront continuer la guerre,
« Suivant l'avis de l'Angleterre.
« Ah ! les rois font les renchéris !
« Allons, en avant les conscrits !
« Des monts franchissez la barrière,
« Et que les Autrichiens surpris,
« Bientôt vous montrant le derrière,
« Soient entièrement déconfits !
« Regarde comme en Italie,
« Dans les plaines de Marengo ([32]),
« Sur l'ennemi qui partout plie
« On tire à tire-larigot !

« Mon doux Jésus! quelle journée!
« Combien de braves sur les flancs!
« Combien de morts et de mourants!
« Et de blessés quelle fournée!
« Mais la victoire est aux Français;
« Hélas! à vos cris d'allégresse
« Mêlez quelques grains de tristesse;
« Une balle a percé Desaix
« A qui l'on doit tant de succès.
« L'éloge de son grand courage
« Ne tiendrait pas dans une page
« Ecrite en caractère fin
« Sur du beau papier grand-raisin.
« Gardons à jamais la mémoire
« De ses exploits et de sa gloire!
« Enfin, après bien des combats,
« Et des dangers et des débats,
« Aux méchants pour faire la nique,
« Et pour sauver la République,
« Une bonne et solide paix
« Fera rire tous les Français. »

Après ce discours assez louche,
Le vieux doyen, fermant la bouche,
Ferma de même son livret
Qui renferme plus d'un secret.
C'est là qu'on découvre sur l'heure
Combien, dans deux mille ans d'ici,
Au marché se vendront le beurre,
La carpe et les merlans aussi.
On y lit (et cela fait peine)
Quand, par un sort nullement doux,
Les fonctions de la bedaine
Cesseront pour chacun de nous :
On y lit encore autre chose
Que je ne dirai pas, pour cause :
Mais, sans différer, revenons,
Comme l'on dit, à nos moutons.

Tandis que dans la grande chambre
Où l'on sentait le musc et l'ambre
Les dieux tenaient conseil entre eux
Pour rendre les Français heureux,

Voilà que l'horrible Discorde
(Que le diable le cou lui torde !)
Enrageant dans son vilain cœur
De voir qu'on parlait de bonheur,
Jura, sacra de plus belle,
Tout en écoutant à la porte,
Car, ne voulant être discords,
Les dieux l'avaient mise dehors,
« Oui-dà, dit cette bécassine,
« Sans doute le conseil badine :
« Faire une révolution
« Sans donner le moindre horion !
« Oh ! cela serait un peu drôle :
« Ça ne se peut ; sur ma parole
« Il en sera tout autrement ;
« Par le Styx j'en prête serment.
« Allons trouver dame Licence :
« Elle a beaucoup de ressemblance
« Avec cette fière beauté
« Que l'on appelle Liberté.
« En main je lui mettrai la pique,

« Au-dessus sera le bonnet :
« Je vois déjà plus d'un benêt,
« Trompé, lui donner sa supplique.
« Il me faut aussi recruter
« L'Ambition et la Cabale,
« Et faire devant moi trotter
« Toute cette clique infernale,
« C'est-à-dire ces honnêtes gens
« Que je nourris de mes serpents.
« J'espère aussi que dans l'Eglise
« Je mettrai la division,
« Demandant qu'on la civilise
« Par une constitution (35) :
« Comme dans un temps de lumière
« Il faut que le peuple s'éclaire,
« Moi, je fournirai les flambeaux
« Pour allumer tous les châteaux :
« Ensuite, soufflant au derrière
« D'un certain monsieur Robespierre
« Et d'autres qui le voudront bien,
« J'en fais des chefs de tyrannie,

« Trois fois plus malins que Sylla
« Par qui la liberté bannie
« Jadis de Rome s'envola.
« Alors ma cousine Mégère,
« Par mes ordres, inspirera
« La politique sanguinaire
« A notre cher ami Marat :
« Puis, versant dans son écritoire
« Les poisons les plus dangereux,
« Il en écrira de son mieux,
« Son périodique grimoire,
« Ce qui fera que ce damné
« Aura maint et maint abonné,
« Car on préfère la malice
« A la vertu de haute lice ([34]).
« Je glisserai dans plus d'un cœur
« Trois ou quatre grains de terreur,
« Et même autant de malveillance,
« Si bien que plusieurs, loin de France,
« Etabliront leur résidence ;
« D'autres, allant jusqu'à Coblentz,

« Voudront dans leur natale terre
« Rapporter la peste et la guerre,
« Et tout y mettre sur les dents.
« Ils croient, en vieux Nicodèmes,
« Que de retour avant trois mois,
« Ne retrouvant que faces blêmes,
« Ils vont chez eux faire les lois !
« Allez donc, têtes sans cervelle !
« Vous engendrerez la querelle
« Et vous n'en verrez pas le bout :
« Vous vous y casserez le cou ([35]).
« Eh ! mais, je jase une heure entière
« Comme font les héros d'Homère,
« Au lieu d'aller exécuter
« Ce que je viens de projeter.
« Holà ! mes enfants, venez vite,
« Venez, c'est moi qui vous conduis,
« Pressez le pas ; avant la nuit,
« Nous pouvons bien gagner le gîte :
« Nous débarquerons à Paris ;
« Je sais la carte du pays. »

Alors, cette vieille coquine
Sur son haridelle trottine,
Ayant à ses maigres côtés,
Jusques à l'échine crottés,
L'Ambition et la Licence ;
En croupe était la Méfiance,
Dont l'habit doublé d'assignats
Est rapetassé de mandats ([36]) :
Il ne sera pas de durée
Parce que l'étoffe est usée ;
L'Envie, au regard de travers,
Et la Vengeance, au cœur pervers,
Font aussi nombre dans le groupe ;
La Cabale augmente la troupe ;
L'Egoïsme, au cœur de cochon,
Termine la procession.

Ainsi cette horde mutine
Aux murs de Paris s'achemine :
C'est, je crois, en quatre-vingt-neuf
Qu'elle arriva sur le Pont-Neuf.

Voyant cette bande assassine,
Trois fois la Seine frissonna,
Et le soleil, faisant la mine,
Dans un nuage s'enfourna.

NOTES

SUR LA NOUVELLE FRANCIADE

---

(1) Le 23 août 1788, déclaration du roi qui annonce la tenue des États généraux.

(2) C'est le 5 mai 1789 que se fit l'ouverture.

(3) Le 14 juillet 1789, on assiégea la Bastille, forteresse commencée sous Charles V et finie sous Charles VI en 1382. Des gardes-françaises dirigèrent l'action avec des bourgeois, et elle fut prise. Launay, le gouverneur, fut massacré sur les marches de l'Hôtel-de-Ville. Le major, l'aide-major et le capitaine de la compagnie des invalides eurent le même sort; Flesselles, prévôt des marchands, fut tué d'un coup de pistolet. Le 23 juillet, Foulon et Berthier, son gendre, furent massacrés.

(4) Le 20 mai 1789, le clergé a renoncé à ses priviléges pécuniaires, et, le 23 de ce mois, la noblesse a fait le même sacrifice.

Le 22 décembre 1789, la distinction des trois ordres est abolie.

Le 15 mars 1790, suppression des droits féodaux dont quelques-uns sont rachetables.

Le 19 juin 1790, décret qui supprime la noblesse, les qualités et honneurs qui en étaient la suite.

Le 19 juin 1792, décret qui ordonne que les titres de noblesse existant dans les dépôts publics seront brûlés.

Le 25 août 1792, tous droits, tant féodaux que censuels, sont abolis.

(5) Le 3 brumaire an IV, on a décrété l'établissement des écoles primaires et des écoles centrales.

(6) Le 18 août 1792, suppression de toutes congrégations et confréries, sociétés de Sorbonne, etc.

(7) La première Constitution est du 14 septembre 1791, la seconde est du 24 juin 1793, la troisième du 1er vendémiaire an IV, et la quatrième du 18 pluviôse an VIII.

(8) Dans la nuit du 5 au 6 octobre 1789, on va de Paris à Versailles en grand nombre, on massacre quelques gardes-du-corps, et on ramène à Paris le roi, la reine et leur famille. Le 14 du même mois, le duc d'Orléans, qui n'était point étranger à cette insurrection, part pour Londres. Le 19, l'Assemblée nationale vient se fixer à Paris.

(9) Le 18 août 1790, arriva à Nancy l'insurrection des régiments du roi, de Chateau-Vieux, suisse, et de Mestre de camp, cavalerie, contre lesquels a marché Bouillé. Le courageux Desille a été une des victimes de cet événement.

(10) Le 2 septembre 1792, ont commencé ces scènes d'horreur; elles ont été prolongées à la prison de la Force jusqu'au 6 inclusivement. Le 8, les prisonniers d'Orléans ont été massacrés dans le parc de Versailles.

(11) C'est à la suite du 31 mai 1793 que la Convention a mis en état d'arrestation les députés suivants :

Gensonné	Lesage
Vergniaud	Louvet
Brissot	Valazé
Guadet	Doucet de Pontécoulant
Gorsas	Lidon
Pétion	Le Hardy
Salles	Kervelegan
Chambon de Monteaux	Vigée
Barbaroux	Gomaire
Buzot	Bertrand
Biroteau	Boileau
Rabaut Saint-Etienne	Molveaux
La Source	Henri La Rivière
Lanjuinais	Gardien
Grangeneuve	

Les ministres Lebrun et Clavière sont également mis en état d'arrestation, le 2 juin 1793.

(12) Le 10 brumaire an II, vingt et un membres de la Convention ont été condamnés à mort, vingt ont été exécutés sur la place de la Révolution :

Brissot	Sillery
Gensonné	Ducos
Vergniaud	Duchatel

La Source	Carra
Le Hardy	Minvielle
Fauchet	Duprat
Boyer Fonfrede	La Case
Gardien	Antiboul
Boileau	Beauvais
Vigée	Duperret

Le vingt et unième est Valazé qui s'est tué avant l'exécution et dont le corps a été conduit dans une charrette au lieu du supplice.

(13) Voici la liste des diverses dénominations employées pendant la révolution :

1789 — 1790 — 1791

Aristocrates, Enragés, Impartiaux, Noirs, Hommes du 14 juillet, Membres du côté gauche, Membres du côté droit, Orléanistes, Jacobins, Cordeliers, Feuillants, Fayettistes, Monarchiens, Démocrates.

1792 — 1793

Ministériels, Amis de la liste civile, Chevaliers du poignard, Girondins, Hommes du 10 août, Septembriseurs, Modérés, Hommes d'état, Brissotins, Hommes du 31 mai, Fédéralistes, Montagnards, Membres de la plaine, Crapauds du marais, Suspects.

1794 — 1795

Avilisseurs, Endormeurs, Apitoyeurs, Alarmistes, Amis de Pitt et de Cobourg, Muscadins, Agents de l'étranger,

Hébertistes, Sans-culottes, Contre-révolutionnaires, Ultra-révolutionnaires, Thermidoriens, Habitués de la Crète, Terroristes, Maratistes, Égorgeurs, Patriotes de 89, Compagnons de Jésus, Royalistes, Chouans.

An IV — An V — An VI

Compagnons du soleil, Vendémiaristes, Buveurs de sang, Chauffeurs, Perpétuels, Patriotes exclusifs, Babouvistes, Courtisans de Blankenbourg, Agents de Louis XVIII, Fils légitimes, Incroyables, Merveilleux, Collets noirs, Clichiens, Oreilles de chien, Fructidoriens, Royalistes à cocardes blanches, Royalistes à bonnets rouges, Queue de Robespierre, Têtes à la Titus, Têtes à la Caracalla, Principiers.

(14) Le 10 mars 1793, la Convention a établi un tribunal criminel extraordinaire avec jurés qui, le 7 brumaire an VI, a pris le nom de tribunal révolutionnaire, en vertu d'un décret de la Convention.

(15) Le 9 thermidor an II, Robespierre est dénoncé et décrété d'accusation; le 10, il est mis hors la loi et exécuté sur la place de la Révolution avec son frère, Couthon, Saint-Just, Lebas, Henriot, Fleuriot, Payan, Dumas, Vivier.

(16) Le 26 vendémiaire an III, Carrier a été condamné à la peine de mort avec ses co-accusés Grand, Maison et Pinard.

Le 21 vendémiaire an IV, Joseph Lebon a été condamné par le tribunal criminel de la Somme (Amiens) à la peine de mort.

(17) La Constitution de la République Française est du 5 fructidor an III, et la proclamation de son acceptation par le peuple est du 1er vendémaire an IV. Par cette constitution, le pouvoir exécutif était composé de cinq membres qui formaient le Directoire, et le Corps législatif était divisé en deux conseils dont l'un avait deux cent cinquante membres (c'était celui des Anciens) et l'autre cinq cents (c'était celui qui proposait les lois).

Le 9 brumaire an IV, ont été nommés Directeurs les citoyens :

La Réveillère-Lepeaux	Rewbell
Barras	Sieyès
Letourneur, de la Manche	

Ce dernier, ayant refusé, a été remplacé par Carnot. Le 30 floréal an V, Letourneur est sorti par le sort et a été remplacé par Barthélémy, qui a été installé le 18 prairial suivant. Le 24 fructidor de la même année, Merlin de Douai a remplacé Barthélémy, condamné à la déportation, et François de Neufchâteau a remplacé Carnot, également condamné. Le 3 prairial an VI, Treilhard a remplacé François de Neufchâteau, sorti par le sort. En floréal an VII, Rewbell, sortant par le sort, a eu pour successeur Sieyès, ambassadeur à Berlin. En messidor an VII, Treilhard a été éliminé du Directoire comme ayant été nommé inconstitutionnellement : Merlin et La Réveillère-Lepeaux donnent leur démission. Ces trois directeurs sont remplacés par Roger-Ducos, Moulins et Gohier, qui restent au Directoire avec Barras et Sieyès jusqu'au 18 brumaire an VIII.

(18) Le 18 fructidor an v, ont été condamnés à la déportation

Quarante-deux membres du Conseil des Cinq-Cents :

Aubry	Lecariers
J.-J. Aimé	Lemarchand-Gomicourt
Bayard	Lemerer
Blain, des Bouches-du-Rhône	Mersan
Boissy d'Anglas	Madier
Borne	Maillard
Bourdon, de l'Oise	Noailles
Cadroy	André, de la Lozère
Couchery	Macurtin
Delahaye, de la Seine-Infér.	Pavie
Delarue	Pastoret
Doumere	Pichegru
Dumolard	Polissart
Duplantier	Praire Montant
Duprat	Quatremère-Quincy
Gilbert-Desmolières	Saladin
Henri la Rivière	Siméon
Imbert Colomes	Vauvilliers
Camille Jordan	Vaublanc
Jourdan (Bouches-du-Rhône)	Villaret Joyeuse
Gau	Willot

Les six membres suivants avaient d'abord été compris dans la liste des déportés, mais ils en ont été rayés :

Bailly	Normand
Bovis	Doulcet
Noguier-Maliger	Thibaudeau

Onze membres du Conseil des anciens :

Barbé-Marbois
Dumas
Ferrand-Vaillant
Laffond-Ladebat
Lhomond
Muraire
Murinais
Paradis
Portalis
Rovère
Tronson du Coudray

Les cinq membres suivants étaient aussi sur la fatale liste; ils en ont été rayés sur les observations de quelques-uns de leurs collègues :

Crécy
Maillard
Personne
Richoux
Rémusat

Deux directeurs :

Barthélémy
Carnot

Différents particuliers :

La Villeurnois
Brottier
Dunan

Quatre généraux :

Cochon
Dossonville
Miranda
Morgan

Un ex-conventionnel :

Mailhe

Le commandant des grenadiers du Corps législatif :

Ramel.

(19) Voici les dates des différents traités de paix faits entre la République française et d'autres puissances :

Le 25 pluviôse an III, traité de paix avec le duc de Toscane.

Le 25 germinal, traité avec le roi de Prusse.

Le 8 prairial, traité de paix et d'alliance avec la Hollande.

Le 14 thermidor, traité de paix avec l'Espagne.

Le 15 fructidor, traité de paix avec le landgrave de Hesse-Cassel.

Le 29 floréal an IV, traité de paix avec le roi de Sardaigne.

Le 14 fructidor, traité de paix avec le margrave de Baden.

Le 3 brumaire, traité de paix avec le roi de Naples et des Deux-Siciles.

Le 28 brumaire, traité de paix avec le duc de Parme et de Plaisance.

Le 10 floréal, traité de paix avec le pape.

Le 11 floréal an V, préliminaires de paix entre la République et l'empereur.

Le 4 brumaire an VI, traité d'alliance entre la République et le roi de Sardaigne.

Le 9 brumaire, traité de Campo-Formio.

Le 2 fructidor, traité d'alliance avec la République helvétique.

(20) Le 20 messidor an v, la République cisalpine est proclamée.

Le 26 messidor, la République ligurienne est proclamée.

Le 27 pluviôse an vi, la République romaine est proclamée par le général Berthier.

(21) Le 13 prairial an v, les nobles vénitiens renoncent au privilége qu'ils avaient de gouverner, et la municipalité est composée de citoyens de diverses classes et de diverses professions : c'est par le traité de Campo-Formio que Venise a été cédée à l'empereur.

(22) Le 16 pluviôse an vi, Jean-Ange Braschy, né le 27 décembre 1717, élu pape le 15 février 1775, a été déchu de sa puissance, le jour anniversaire de la vingt-troisième année de son règne.

(23) En frimaire an vii, le roi de Sardaigne a été détrôné, et en nivôse suivant, le roi de Naples a subi le même sort.

(24) Le 9 floréal an vii, à neuf heures du soir, les citoyens Bonnier, Roberjeot et Jean Debry, plénipotentiaires de la République au congrès de Rastadt, ont été assassinés en quittant cette ville par des dragons de l'archiduc Charles. Bonnier et Roberjeot ont été tués sur place : Jean Debry a échappé, malgré ses nombreuses blessures.

(25) Rikiki, diminutif de Riminisky.

(26) En ventôse an vi, les troupes françaises s'emparèrent de Berne, après un combat sanglant.

(27) On disait autrefois : insulter l'âne jusqu'à la bride ; je veux une comparaison plus noble.

(28) Le 13 messidor an VI, Bonaparte est arrivé à Alexandrie, et le 5 thermidor suivant, il était maître du Caire.

(29) Bonaparte revient d'Egypte, descend à Fréjus, le 5 vendémiaire an VIII, et arrive à Paris, le 24.

(30) Le 8 brumaire an VIII, Bonaparte se rend à Saint-Cloud où les deux conseils étaient réunis et il dissipe par la force celui des Cinq-Cents.

(31) Le 18 brumaire an VIII, le Directoire est supprimé et remplacé provisoirement par trois consuls :

Bonaparte Roger-Ducos
Sieyès

La Constitution, publiée le 18 pluviôse an VIII, établit une nouvelle forme de gouvernement qui est composé : de trois consuls nommés pour dix ans, savoir : Bonaparte, premier consul, Cambacérès et Lebrun; d'un sénat conservateur, composé de quatre-vingts membres, âgés de quarante ans au moins, inamovibles et à vie; d'un pouvoir législatif composé :

1° D'un tribunat qui a cent membres âgés de vingt-cinq ans au moins, et qui se renouvelle par cinquième tous les ans;

2° D'un corps législatif, composé de trois cents membres, âgés de trente ans au moins, se renouvelant comme le tribunat.

Enfin, le gouvernement avait pour ce qui concernait les lois : un seul tribunal de cassation, des tribunaux d'appel, des tribunaux de première instance et des justices de paix.

(32) La bataille de Marengo eut lieu le 25 prairial an VIII.

(33) La Constitution civile du clergé est du 24 août 1792.

(34) Marat faisait un journal intitulé : *l'Ami du peuple.* Ce Diogène révolutionnaire a été assassiné, le 13 juillet 1793, par Marie-Anne-Charlotte Corday qui fut, pour ce motif, exécutée le 17 du même mois.

(35) Le 16 juillet 1789, les princes ont émigré, ainsi que plusieurs grands dont l'exemple n'a été que trop suivi. Le 19 novembre 1791, on a porté la peine de mort contre les émigrants qui ne rentreraient pas avant le 1er janvier 1792.

(36) Le 21 décembre 1789, la première création d'assignats a eu lieu ; ce papier-monnaie a eu cours jusqu'au 30 novembre an IV. Il y en a eu de créé jusqu'à cette époque pour la somme de quarante milliards.

Les mandats territoriaux ont été créés le 28 ventôse an IV, et ont cessé le 1er germinal an V. Il y en a eu deux milliards quatre cents millions de créés.

Nancy, imp. Sordoillet et Fils.

www.ingramcontent.com/pod-product-compliance
Ingram Content Group UK Ltd.
Pitfield, Milton Keynes, MK11 3LW, UK
UKHW020452230726
13925UKWH00005B/1877

9 782014 040685